LES DIABLES A QUATRE

LES

DIABLES A QUATRE

PAR

G. DE POMARET

ILLUSTRATIONS EN COULEURS

D'APRÈS LES AQUARELLES DE L'AUTEUR

PARIS

LIBRAIRIE DE THÉODORE LEFÈVRE ET Cⁱᵉ

ÉMILE GUÉRIN, ÉDITEUR

RUE DES POITEVINS

LES DIABLES A QUATRE

NOS CINQ DIABLES A QUATRE

Voici l'été, les beaux jours, la campagne et ses joies.

Pas de vacances encore ; mais travailler près d'une fenêtre ouverte, en écoutant gazouiller les oiseaux, en recevant la visite d'un papillon ou d'un lézard, est-ce vraiment un travail ennuyeux ?

Et puis, il y a de grands jours de liberté, des jeudis comme il n'en existe nulle part ailleurs.

Riri, la fille aînée de la maison, voit arriver avec joie son compagnon le plus cher, son cousin Jean, qui apporte ses souvenirs du collège, ses allures de garçon, son tapage endiablé. Elle l'imite et le dépasse souvent en gamineries bruyantes.

Après eux, par rang d'âge, vient Lili, la douce Lili, petite ménagère qui s'associe en tremblant aux plaisirs violents des aînés.

Puis Nanie et Pierrot, appelé encore Bébé, les deux inséparables, les deux amis les plus tendres, quoiqu'ils se disputent parfois. Bébé a grandi, et cette année il prend sa part à toutes les folies des grands. Il n'a qu'un désir, faire tout ce que fait Jean : n'est-il pas un homme aussi ?

Cette troupe joyeuse, bruyante, toujours en quête d'inventions nouvelles, justifie bien son surnom de bande des Diables à Quatre.

— Jean, viens vite! crie Lili à son cousin qui vient d'arriver. Papa nous a donné une corde; viens nous attacher une balançoire, là-haut, vois-tu, à la grosse branche!

— Vous ne savez donc pas grimper aux arbres, répond Jean avec

mépris. Ces filles, ça ne sait jamais rien! Allons, donnez cette corde!

Et le voilà parti, accroché de-ci, de-là, enfin à cheval sur la grosse branche, où il attache bien solidement la corde par les deux bouts.

— Gare là-dessous! et il saute à terre.

C'est une balançoire un peu rustique. Qu'importe! on s'y balance très bien et très haut, si haut même que les feuilles chatouillent les oreilles et accrochent les cheveux au passage.

— Qu'on est bien! ne cesse de répéter Marie. Il semble qu'on a

Qu'on est bien! il semble qu'on a des ailes

des ailes, qu'on s'envole avec les oiseaux... et l'air est si frais!

Il faut bien toute son affection pour son cher Pierrot pour la décider à descendre. Mais quant à celui-ci, c'est du ravissement. Les yeux grands ouverts, il regarde au loin, tout là-bas.

— Je pars en voyage; adieu, vous autres; je vais à Paris!

Quand la corde s'arrête, il est tout étonné de se trouver encore là, dans le jardin, avec ses sœurs; pour lui, c'est un voyage au pays du bleu que cette envolée de balançoire. Il raconte gravement à Marie tout ce qu'il a vu; elle le croit, car là-haut elle trouve aussi des rêves, des rêves d'oiseaux qui se bercent au sommet des arbres.

FORTS COMME DES TURCS

— Sais-tu seulement ce que c'est que la Ligue ? demandait un jour dédaigneusement cousin Jean à Lili qui coiffait sa poupée.

— La Ligue, quelle ligue ? Pour quoi faire ? répond celle-ci, ouvrant de grands yeux.

— C'est une société, rien que pour s'amuser, mais seulement à des jeux terribles, des jeux qui font les gens très forts, comme des Turcs. Nous en sommes tous au collège, même les professeurs. On nous a fait de fameux discours là-dessus, pour nous expliquer...

— Pour vous expliquer quoi ? de vous amuser ? interrompt Riri. Quelle drôle d'idée ! Nous pourrions bien faire une ligue, nous aussi, si nous voulions. Pas besoin de discours pour comprendre !

— Vrai ! ce sera drôle, par exemple ! rien que des filles ! Il faudra m'obéir, d'abord ; puis, sauter, marcher tous ensemble à mon commandement, et vive la France !

Hourra pour la Ligue ! Quelle belle famille ils feront tous, après de tels exercices ! Ils n'ont ni lawn-tennis ni foot-ball, mais ils sauront bien se passer de jeux anglais ; il ne manque pas de jeux en France.

Placés à côté l'un de l'autre, ils vont d'abord descendre la prairie en faisant des cabrioles. Bébé réclame un petit coussin.

2

— Comptes-y, mon garçon, répond Jean. Allons, une, deuss... trois !

Les voilà partis, la tête en bas, les pieds en l'air. Ouf ! Bébé y met tout son cœur, mais il est trop gros ; il roule toujours de côté.

Puis Lili et Riri luttent et pirouettent jusqu'à épuisement complet. Tous se retrouvent par terre, les cheveux sur le nez, fort ahuris, mais jamais fatigués.

A présent, la corde raide sur un tronc d'arbre renversé par l'orage.

Un pied devant l'autre, les bras en balancier, le corps bien droit, ils vont à petits pas, en file indienne.

— Messieurs, mesdames, s'écrie Jean arrivé au bout de la branche, vous n'aurez jamais vu...

Patatras !... une pareille culbute !...

Un rire général accueille la chute du pauvre Jean ; mais, ébranlées par leur fou rire, les moqueuses prennent, malgré elles, le même chemin.

Les voilà partis, la tête en bas, les pieds en l'air.

Que de gambades encore ! un fossé à franchir, une muraille à
sauter, une vraie farandole enfin, pour la rentrée de tous les membres
de la Ligue, rouges, ébouriffés, à bout de souffle et de forces.

— Vois-tu, maman, nous recommencerons tous les jours, explique
Bébé ; et alors, nous serons forts comme des Turcs, et tu seras bien
contente, dis ?

Non, elle n'est pas très contente, la pauvre maman, à la vue des
égratignures et des trous qu'on lui rapporte. Piteusement, la première
séance de la Ligue se termine en raccommodages de tout genre.

Plus que jamais, Jean méprise les robes et les filles, et cependant,
c'est grâce à elles qu'il a eu sa veste raccommodée, sans en être réduit
à l'humiliante nécessité de tirer l'aiguille lui-même.

LE JOUR DE LA LESSIVE

— Si nous recommencions la Ligue aujourd'hui? réclame Jean le jeudi suivant.

— Pas du tout, répondent ces demoiselles; chacun son tour; nous faisons la lessive du linge de nos filles, et tu nous aideras.

— Peuh! merci bien. Je ne suis pas blanchisseuse. Viens-tu, Pierrot? Laissons les filles! fait Jean en entraînant Bébé.

Mais, quand celui-ci aperçoit sa chère Nanie partant pour le jardin avec son petit paquet de linge sous le bras, il oublie toutes ses vanités de garçon, pour courir prendre sa part du lessivage. C'est si amusant, par un jour de chaleur, ce tripotage dans le bassin, les manches retroussées, les bras tout blancs de mousse savonneuse!

Bébé est armé d'un grand tablier qui lui monte jusqu'au menton; il ne faut pas qu'il se mouille.

Nanie rafraîchit le linge dans le bassin. Riri et Lili travaillent comme de vraies petites femmes de ménage et font de bonne besogne.

— T'amuses-tu beaucoup dans ton coin, monsieur le garçon? crient-elles de temps à autre.

Oh! non, il ne s'amuse pas du tout dans son isolement, le cousin Jean. Bientôt il se rapproche et vient faire des niches aux lessiveuses. Tantôt il empêche l'eau de couler; tantôt, au contraire, il la fait jaillir jusque sur elles et ce sont alors des rires et des cris joyeux. Enfin ses bras trouvent leur emploi. Pour étendre tout ce linge mouillé, il faut attacher une corde aux arbres.

— Laissez-moi faire, laissez, dit-il tout à fait réconcilié; les cordes,

c'est mon affaire. Je vais vous attacher cela de main de maître.

Et il fait si bien que la corde pourrait les porter tous, mais ils n'auront à y suspendre que de bien légers petits vêtements, jupes et chemises de bien petites personnes.

Le soleil a vraiment plaisir à sécher une si éblouissante lessive. On voit que les fillettes n'ont épargné ni leur peine ni le savon. En vraies ménagères, elles sont très contentes de ce beau résultat et enlèvent soigneusement le linge sec.

— Veux-tu te sauver, Pussy, veux-tu bien laisser cela ! crie Bébé en

Jean vient faire des niches aux lessiveuses.

courant à quatre pattes après ce monstre de Minet qui trouve grand plaisir à attraper tout ce qui tombe à terre.

Enfin, le feu allumé, les fers chauffés, on peut au plus vite terminer l'opération, et il est temps. Ces pauvres poupées, dans la tenue la plus humiliante, avaient vraiment passé une triste journée ; mais voilà leur toilette finie et un linge blanc, parfumé, remplit les petites armoires.

— N'est-ce pas, maman, que nous pourrions laver notre linge, s'il le fallait? demandent-elles avec un peu d'orgueil, le soir, à leur mère.

En souriant, maman les remercie de leur bonne volonté. Elle ne la mettra pas à l'épreuve, mais elle se réjouit de voir chez ses filles ces goûts d'ordre et de propreté, encore plus nécessaires aux vraies mamans qu'aux mamans de poupées.

UNE TRIBU DE SAUVAGES

— Sont-ils heureux, les sauvages et les Robinsons! s'écriait un jour Jean, captivé par la lecture d'un récit de voyages.

— Vivre comme eux, sans collège, sans leçons, sans villes, sans personne, dans une île déserte, quel rêve! Hein! Lili, que dirais-tu de ça?

— Sais pas, répond celle-ci un peu effarouchée.

— Moi, déclare Riri, j'aimerais mieux voyager et voir toute la terre.

Mais Jean ne parle plus que de ses chers sauvages et, bientôt gagnée par son enthousiasme, la joyeuse troupe n'a plus en tête que Peaux-Rouges et aventures extraordinaires. Le premier jour de congé leur permet de réaliser ce beau rêve.

La tribu des Tuscaroras, tribu sauvage et d'aspect formidable, est composée de Jean, grand chef, dit le Lion-Rugissant, de Gazelle-Agile (Lili), sa femme, et de leur fils Œil-de-Serpent. Pauvre Bébé! qui a pu lui trouver un pareil surnom? Ils sont superbes nos sauvages, peints de jaune et de rouge et couronnés de plumes.

Toutes les plumes du vieux plumeau y ont passé. Mais au vaillant

chef il faut d'autres insignes, et la peau de renard, celle qui sert de
tapis sous la table de papa, a vraiment un air de fourrure sauvage,
sur les épaules du Lion-Rugissant. Ses armes en main, orné de toutes
ses parures, le grand chef se redresse fièrement auprès du wigwam
qui abrite sa tribu, et savoure dans la paix le bonheur d'habiter enfin
une île déserte. Tout est calme autour de lui.

Pussy même, un peu étonné d'abord, a refermé les yeux et ronronne
au soleil.

Mais, alerte! voici l'ennemi.

Le grand amiral Riri, suivi de l'équipage du *Téméraire*, en la personne de Nanie, s'avance vers le wigwam, armé jusqu'aux dents.

Le combat s'engage aux cris de « Vive la France! » Toute la tribu est
sur pied; la lutte est acharnée. Longtemps la victoire reste indécise,
mais Œil-de-Serpent, se jetant traîtreusement dans les jambes de
l'amiral, en poussant d'effroyables clameurs, met le désordre dans
les rangs des vaillants marins. Nanie et son chef sont faits prisonniers.

Alerte! voici l'ennemi.

Aussitôt renversés, garrottés, entraînés auprès du wigwam, les prisonniers sont entourés par la tribu en délire.

Le Lion-Rugissant, en agitant ses armes, entonne le chant de mort, accompagné par Gazelle-Agile qui joue du tam-tam sur une casserole. Tirant la langue, roulant des yeux féroces de vrai cannibale, poussant des hurlements effroyables, Œil-de-Serpent jette la terreur dans le cœur de Nanie.

— Mourons en braves, mes amis ! s'écrie noblement l'amiral, relevant par sa parole le courage faiblissant de son équipage.

Heureusement, la cloche du dîner vient rendre sauvages et prisonniers à la civilisation, et la pauvre Nanie, se blottissant le soir dans son petit lit, s'endort joyeuse, en disant : « Tout ça, c'était pour rire ».

LES DIABLES A L'EAU

Un jour d'été, de plein été torride. Le soleil est brûlant et les fleurs, tristement penchées, attendent la fraîcheur du soir pour répandre leur parfum. Les oiseaux eux-mêmes se taisent sous les feuilles. Seules, les cigales font entendre leur chant monotone.

Comme les oiseaux, les enfants accablés se taisent aussi et cherchent l'ombre. Soudain, une idée lumineuse leur rend la vie.

— Si nous prenions un bain, un bain froid!

— Hourra pour le bain!

Courir au logis, obtenir la permission et, comme des fous, parlant tous à la fois, rassembler ce qui leur est nécessaire, c'est l'affaire d'un instant.

— Marie! nos peignoirs?

— Marie! où sont nos costumes?

— Marie! n'oublie pas le goûter, surtout!

La pauvre bonne ne sait où donner de la tête.

Ils ne redoutent plus la chaleur, maintenant! Qu'importent l'air brûlant et le long trajet, en plein soleil, à travers la prairie? Là-bas, la fraîcheur les attend.

Oh! le joli recoin! Des fougères, des rochers blancs entourent un bassin naturel qu'ombragent les branches flexibles des hêtres. Dans l'ombre, une cascade très modeste fait entendre sa petite chanson. Il y a tant de creux dans les rochers et de si beaux rideaux verts, qu'on se passe bien aisément de cabines.

— Vite, Nanie, que fais-tu encore là, poltronne? s'écrient Lili et Riri, déjà en pleine eau, barbotant à plaisir.

Nanie avance un pied, le recule, a peur de l'eau froide. Bébé en est ravi, car cette eau ne lui dit rien de bon, et les craintes de Nanie

excusent les siennes. Mais voilà des éclaboussures lancées par les sœurs malicieuses; autant vaut se mouiller tout à fait.

— Et tu sais, Bébé, nous trouverons des poissons, insinue Lili pour l'encourager.

— Des petits, des gros, des rouges aussi, dis? demande Bébé qui accourt, sans peur aucune maintenant.

Il court si bien, en pataugeant, que le voilà tombé. Flac, flouc! les poissons se sauvent dans leurs trous. Puis ils reviennent un à un, mais impossible de les saisir. D'un coup de queue, ils échappent, glissent entre les mains, disparaissent encore.

Que fais-tu encore là, poltronne?

— Si j'avais un filet, quelle pêche, mes amis! déclare Jean. Il n'en resterait pas un dans la rivière.

— Oh! oh! quel vantard! Toi, tous les poissons! Un petit, peut-être, et encore...

— En tout cas, plus que vous, miss Lili, qui n'en avez pas attrapé un seul, après les avoir tous promis à Pierrot.

Mais le froid se fait sentir. Il faut dire adieu aux poissons. Bien essuyés, bien bichonnés par Marie, roulés dans de vastes peignoirs, cheveux au vent et goûter en mains, ils vont se sécher au soleil. Quel moment délicieux!

La brise s'est levée. Les oiseaux, réveillés de leur sieste, ont retrouvé la voix; et calmés, rafraîchis, tout en chantant, eux aussi, les enfants regagnent doucement leur nid.

GRANDE CULTURE

Grande émotion chez les Diables à Quatre. Depuis plusieurs jours, il est question d'une surprise annoncée en grand mystère à la jeunesse, en récompense de son bon travail. Ils ne sont pas gâtés, les gamins, et attendent avec impatience l'arrivée du jeudi.

Les y voici. Dès le matin, le secret est dévoilé. Papa leur donne, en toute propriété, un grand carré de terrain ; liberté leur est accordée d'y planter, semer, arracher tout ce que bon leur semble, et, tout de suite, ils vont se mettre à l'œuvre. Mais propriété ne va pas sans disputes, et celles-ci prennent des proportions terribles.

— Mettons-nous en société, finit par trouver Jean. Que tout soit en commun et nous travaillerons tous ensemble. Je serai le Président, naturellement, et il n'y aura plus de disputes, puisque je serai le seul chef.

— Oui, soit ; mais à condition que tu travailleras comme nous, répondent les cousines.

— Tu me laisseras faire le Président à mon tour ? implore Bébé.

— Oui, avec moi. Tu seras Vice-Président.

Les querelles apaisées, chacun s'est mis à l'ouvrage.

Pierrot n'enlève que les feuilles des mauvaises herbes : puisqu'on ne les voit plus, il pense qu'elles sont parties. Mais les grands, armés de bêches, de râteaux, ont bien préparé le terrain. De jolis chemins y sont tracés. Ici seront les fleurs : trois géraniums, cinq pieds de pensées et surtout beaucoup de petites fleurs des champs, leurs meilleures amies, avec de la mousse et des fougères, pour qu'elles se croient encore un peu chez elles. Plus loin, le jardin potager : beaucoup de

fraisiers, car tous aiment les fraises, et des radis et des salades, afin de faire « la dînette pour de vrai ».

Malheureusement, tout cela est très long à pousser : on n'aura jamais la patience d'attendre, et que de soins pour en arriver là !

— Tu sais, Pierrot, c'est fini, nous ne dormirons plus le matin, lui dit Nanie gravement. Il faudra arroser les fleurs avant le lever du soleil, comme le jardinier. Et elle pousse un gros soupir en pensant à son cher lit, où l'on dort si bien.

—Écoute, Nanie, ajoute Pierrot. Nous allons tous les deux demander de la pluie au bon Dieu. Peut-être il voudra bien... quelquefois, pour nous aider, si nous sommes sages.

Cet espoir les console tout à fait.

Les grands ont bien préparé le terrain.

— Vois-tu, Riri, confie le Président à son aide préférée : il nous faudrait un arbre, un vrai arbre, pour avoir de l'ombre tout de suite.

Mais un arbre, ce n'est pas facile à arracher. Tout ce que peut trouver Jean, c'est une grande branche de châtaignier. Elle est soigneusement plantée au beau milieu du jardin. « Ce sera une bouture, voilà tout, une grande bouture. » Mais le jardinier recommande toujours de l'ombre pour les boutures; c'est pourquoi, l'arbre bien arrosé, on lui attache une vieille ombrelle, qui fait merveille.

L'arbre a l'air très satisfait; les Diables à Quatre aussi. Ils ont tous travaillé si courageusement qu'il est grand temps de prendre un peu de repos, et, comme de vrais cultivateurs, ils vont s'étendre et faire la sieste, là, sous leur arbre, entourés de leurs outils. Je crains bien que Pussy soit le seul à prendre cette sieste au sérieux, et que ses grands amis ne dorment que d'un œil.

LE BAPTÊME DE LA POUPÉE

De tout temps les chansons l'ont dit : « Un baptême est une fête »,
et les chansons ont bien raison. Voilà pourquoi la maison est tout en
l'air depuis ce matin. On va baptiser la fille de Nanie, un gros bébé
tout neuf, tout frisé, tout pimpant dans sa belle toilette blanche, que
sa maman et sa marraine, miss Lili, lui ont préparée.

Elles pensent à tout : ne faut-il pas orner chacun d'un bouquet de
fête ; et même Pussy, serait-il convenable de le laisser dans sa tenue de
tous les jours ? Aussi Nanie lui attache-t-elle autour du cou une belle
cravate, en lui recommandant de se lécher mieux qu'à l'ordinaire.
Pauvre Pussy, il n'a pas l'air d'aimer beaucoup ces toilettes de gala !

Mais pourquoi cette grande agitation autour de l'office?

— Voyons, Riri, laisse-nous entrer.

— Allons, Lili, regarde au moins ce que je t'apporte.

— Méchantes, méchantes ! finissent par hurler les deux garçons,
consignés derrière la porte de la cuisine.

C'est en vain qu'ils tapagent ; les deux sœurs, sous la direction de
maman, confectionnent un beau gâteau pour le goûter ; et ce grand
œuvre demande trop d'attention pour permettre aux turbulents garçons d'y mettre la main. Puis on les soupçonne d'être un peu gour-
mands ; il vaut mieux leur éviter des tentations.

Il y a d'ailleurs des fraises à ramasser, des fleurs à aller chercher dans la prairie, la table à mettre dehors, sous l'ombre fraîche; voilà bien de quoi occuper tous les bras, toutes les bonnes volontés.

Puis les invités arrivent : Jeanne, l'amie de Riri, et le voisin Paulou, bon gros garçon, modèle de sagesse, qui, tout en gardant ses chèvres dans la montagne, trouve encore le moyen d'être toujours le pre-

mier à l'école. Le voici chargé des plus beaux fruits de son jardin, tout fier de sa blouse et de ses sabots du dimanche.

Solennellement, le cortège se dirige vers l'escalier du verger, où Riri officie, revêtue d'un peignoir de bain.

Elle dit de bien belles choses, mademoiselle Riri, sur les parents, sur les enfants, sur les devoirs des parents, surtout. On voit qu'elle comprend très bien toute la peine que les enfants leur donnent. Quant à Lili, c'est bien du fond du cœur qu'elle promet d'être une marraine exemplaire.

Soudain une vive émotion vient troubler la cérémonie : Pussy s'est

On boit des rasades à la fille de Nanie.

mis en tête de vouloir goûter au gâteau le premier. Il faut accourir pour le mettre à la raison. Alors on s'installe et gaiement le repas commence.

L'eau claire et fraîche de la fontaine est apportée à plein arrosoir. Le gâteau, naturellement, se trouve être le meilleur de tous les gâteaux. Gentiment, ces demoiselles font les honneurs de leur table; les garçons n'ont plus de rancune. Pussy a oublié même sa gênante cravate et l'on boit des rasades à la fille de Nanie, à la marraine, à la réunion prochaine de tous les enfants de la famille, à tous les baptêmes à venir.

UNE GRANDE ASCENSION

Aujourd'hui, ciel bleu, brise fraîche, temps à souhait pour quelque excursion difficile et lointaine. Enfin, il sera possible de gravir la colline voisine. Elle apparaît comme une montagne véritable aux yeux de la jeunesse, et grimper là-haut est, depuis longtemps, leur rêve à tous.

— Pour monter au mont Blanc, il faut des cordes, des cannes ferrées, des provisions; il nous en faut aussi, déclare Jean avec importance.

Et, d'après ses conseils, quels préparatifs étonnants! Trois cordes à sauter, un peloton de ficelle rose (en cas d'accident), des manteaux, du pain et des noisettes, de grands bâtons pris au bûcher; rien ne manque à leur tenue d'alpinistes. Naturellement, Bébé vient aussi, puisqu'il est à présent un grand garçon.

Deux routes s'offrent à eux : un petit sentier qui s'élève en lacets, et la pente raide, sans chemin, gazonnée jusqu'au sommet.

— Prenons le chemin, implore Nanie, déjà effrayée par la pente glissante où elle a trébuché dès les premiers pas.

Mais tous s'indignent :

— Voyez donc la belle voyageuse !

— Avancez le carrosse de madame la marquise ! elle a des jambes de coton.

— Quelle fille tu es! dit Pierrot en la toisant, plein d'orgueil de sa force de garçon.

— Ah! j'ai des jambes de coton! je suis une fille! on verra!

Et, toute rouge de colère, Nanie s'élance vers la prairie, où, malgré ses chutes nombreuses, elle monte courageusement.

Monsieur Bébé aurait mieux fait de se taire tout à l'heure. Il roule

comme une boule, étant rond de partout. Il est à bout de forces et gémit à tout instant :

— Jean, Riri, nous sommes arrivés, dis?

Que faire d'un tel embarras? Jean se décide à le prendre sur son dos. C'est cela, par exemple, qui n'aide pas le pauvre Jean à finir sa grimpée; mais, quand on est homme et chef de troupe, on ne recule devant rien.

— Et en route, mes enfants! crie-t-il d'une voix de stentor.

Leste comme une chèvre, Lili est déjà là-haut. Enfin, les voilà tous arrivés. Plus rien au-dessus d'eux que le ciel, et là-bas, tout au loin, ils découvrent même des collines, des bois qui leur sont inconnus.

Nos Diables à Quatre se sentent un peu émus de se trouver si loin des lieux qui leur sont chers, de tous ceux qui les aiment.

Jean se décide à prendre Bébé sur son dos.

Ils voudraient bien que quelqu'un pût admirer leur courage, mais personne ne répond à leur appel, nul ne les voit dans leur gloire. C'est pour Bébé une grande déception.

Allons, il faut descendre, « comme des anges qui viennent du ciel », déclare Pierrot. Pas tout à fait cependant, car les voilà bientôt assis d'une façon très humaine. Les vêtements auront plus d'un accident, mais qu'il est amusant de glisser ainsi! On est même trop vite arrivé.

Tout fiers de leur prouesse, ils sont bien étonnés d'apprendre que cette escalade n'était rien, absolument rien, à côté d'une véritable ascension. Néanmoins, papa est content d'eux et leur promet de leur faire gravir un jour une véritable montagne, « quand monsieur Bébé n'aura plus besoin de cheval », ajoute-t-il.

UNE VICTOIRE CHAUDEMENT DISPUTÉE

Pas de courses folles aujourd'hui, car le soleil est brûlant et le temps orageux. Heureusement, le croquet est là, avec ses luttes, ses émotions, dont Jean et Riri, chefs ambitieux, sont âpres à se disputer la victoire.

— Tu joues trop mal, je ne veux pas de toi, déclare Jean en repoussant Nanie. Je préfère Lili.

— Tu prends Lili parce qu'elle joue mieux que toi, et que tu ne pourrais pas gagner sans elle, répond Nanie un peu piquée. Je vais avec Riri et nous gagnerons bien tout de même.

— Et moi! avec qui que je suis? réclame Pierrot, qui accourt traînant un maillet plus grand que lui.

— Toi, petit, va jouer avec Pussy; tu es de trop.

— Oh! Jean, répond Lili; regarde comme il a du chagrin. Viens, Bébé, tu joueras avec moi; tu verras, cela ira très bien.

Les arceaux sont plantés; la partie s'engage. Par un chemin plein de périls et d'obstacles, les boules vont à la gloire ou à la honte.

Pauvre Nanie est toujours en course après la sienne, expédiée dans tous les coins par le malicieux Jean, mais Riri donne un peu d'aide à son associée, et, jusqu'à présent, elles tiennent la tête.

Lili, clignant un œil, tirant le bout de la langue, vise sûrement et les suit de près. Quant à Jean, les grands coups l'attirent et, pour le plaisir de croquer une boule ennemie, il lâche à tous moments les coups sérieux.

— Tu triches, Jean, tu triches! s'écrie soudain Riri indignée.

— Moi? c'est faux!

— Oui, regarde ta boule.

— C'est faux! te dis-je. Pourquoi ne pas me traiter de voleur tout de suite?

— Je l'ai vu.

— Jamais!

. . . .

L'émotion est à son comble. Rouges comme des coqs, les yeux pleins de colère, ils crient tous à la fois. Les chefs lancent leurs maillets dans l'arène. Tout semble perdu!... Mais Lili et Nanie, plus calmes, entrent en explications.

— C'est vrai, la boule de Jean n'est pas à sa place. Qui a fait cela?

— Mais c'est moi, dit innocemment Bébé; c'était pour la mettre à une bonne place.

La partie s'engage.

Pauvre Bébé! il ne peut pas comprendre pourquoi sa bonne idée soulève une telle tempête.

Lili découvre que c'est elle la plus coupable : elle s'était engagée à surveiller les hauts faits de monsieur Bébé ; et, sur sa promesse d'y veiller désormais, la partie reprend avec gaieté.

Enfin, le cœur battant, rose d'émotion, Lili remporte la victoire.

Jamais on n'a pu faire comprendre à Bébé qu'il ne l'avait pas gagnée lui-même. Dans son idée, c'est certainement à lui que Jean doit ce triomphe.

UN SAUVETAGE ÉMOUVANT

Hélas! quel ennui! il pleut à torrents, justement un jeudi, ce jour de liberté attendu toute la semaine avec tant d'impatience.

Le cœur gros, le nez collé aux vitres, les pauvres désappointés regardent tristement le mélancolique paysage d'automne. Comme eux, Pussy attend en vain le retour du soleil.

— Ma fille, oh! ma pauvre fille! s'écrie soudain Lili en sanglotant.

— Eh bien! quoi? ta fille, ta fille? Qu'arrive-t-il à cette demoiselle? demande Jean, plein de mépris pour les larmes et les poupées.

En pleurant, Lili avoue qu'hier, tandis qu'elle lisait, elle avait installé sa poupée auprès d'elle, dans le jardin. Elles jouissaient tant du soleil et des fleurs, toutes deux! Qui pouvait prévoir un tel orage?

— Ne pleure pas, ma Lilou, vient lui dire Bébé tout bas. Vois-tu, je te bâtirai une maison avec un vrai toit, où il n'y aura point de trous pour la pluie.

Et, plein de son idée, il s'éloigne en suçant son pouce, signe certain de très graves préoccupations.

Mais Lili pleure toujours et Jean, agacé, va chercher l'essuie-main de la fontaine pour feindre d'essuyer un pleur de crocodile.

6

— Au lieu de te moquer d'elle, tu ferais mieux d'aller lui repêcher sa fille, dit brusquement Riri en voyant cette comédie.

— Merci bien, je ne suis pas encore une grenouille.

— Tu es un homme et les hommes sauvent tous les gens qui se noient, papa l'a dit, reprend celle-ci indignée. Reste donc, j'irai bien sans toi, vraie poule mouillée !

— Avec ça, nous verrons !

Et Jean, bondissant sous l'outrage, descend l'escalier quatre à quatre, suivi de toute la bande.

Une rafale survient ; pluie, vent, feuilles tourbillonnantes s'engouffrent dans le vestibule quand il ouvre la porte. C'est à y renoncer ; mais maman, prenant pitié de la pauvre Lili, permet à tous de concourir au sauvetage, à condition de toilettes spéciales.

Sauf Pierrot, très prudent personnage, et Pussy, non moins craintif, qui gardent le logis, ils s'affublent de sabots grands comme des bateaux, de capuchons pointus, d'un vieux paletot de papa, d'un parapluie branlant au manche, et, tête baissée, vont affronter l'ouragan.

Méconnaissable, navrante, voici la pauvre poupée.

C'est un déluge : partout des lacs, de vrais torrents à franchir ; la
pluie fouette leur visage, les aveugle et les glace. Bousculés par le vent,
trébuchant à chaque pas, trempés, ébouriffés, ils se rient des rafales
et poursuivraient par plaisir la promenade, n'était la peur des éclairs
et du roulement du tonnerre qui se rapproche.

Dans la boue, méconnaissable, navrante, voici la pauvre poupée.
En trois bonds Lili la rapporte à la maison, où, gaiement et fiers de
leurs exploits, tous se retrouvent bientôt.

Sauveteurs et naufragée ont besoin d'une bonne flambée. Sous le
manteau de la vieille cheminée de la cuisine, ils se blottissent tous,
et là, devisent longtemps de leurs émotions et des dangers courus,
heureux de se sentir chaudement à l'abri.

Seule, Lili garde de tristes pensées. La vue de sa fille enlaidie,
pâlie, défrisée, renouvellera longtemps les regrets de son étourderie.

INCENDIAIRES

Voici l'automne avec sa brillante parure, ses fruits, mais, hélas !
la fin des joyeux jeudis. Cependant, les bois jaunis sont encore pleins
de charmes.

Les Diables à Quatre ont un grand projet. Sans en rien dire, ils
sont partis avec une provision d'allumettes ; comme les bergers de la
montagne, ils veulent construire un petit four, pour faire cuire une
bonne cueillette de marrons.

Voilà un endroit à souhait. Tandis que Jean bâtit le four, comme
un vrai maçon, les autres vont ramasser bois et châtaignes.

— Jamais, non, jamais je ne pourrai faire sortir cette châtaigne, dit
avec dépit Nanie, les doigts en sang.

— Regarde, Nanie, on tape avec son pied, comme ça, dit Pierrot,
sautant et tapant avec son talon tant et si bien qu'il écrase tout,
hérisson et marron.

Découragée, Nanie ne s'occupe plus que de ramasser du bois. Les
marrons seront vite cuits, sous cette bonne braise, mais ils éclatent
comme de petites bombes et sautent hors du feu.

Il n'y a qu'un moyen de les tenir tranquilles, c'est de les manger. Ils
sont excellents, du reste, sauf qu'ils ont tous un côté cru et l'autre brûlé.

Mais le soleil descend ; le bois s'obscurcit, de longues traînées d'or l'éclairent encore à peine. Il est temps de rentrer ; on jette un peu de terre sur le feu, et en route.

— Mais, dit Lili se retournant après quelques pas, regardez donc comme cette terre fait de la fumée !

Terreur ! non seulement de la fumée, mais une flamme rouge

qui monte, monte jusqu'aux branches des arbres. Que faire ? Quelle angoisse ! Ils jettent sur le feu tout ce qu'ils trouvent, mais la flamme grandit toujours.

— Au feu !. au secours ! crient les petits, épouvantés, prêts à fuir.

Enfin, Pierre, le bûcheron, arrive avec sa fourche et ses grands bras.

— Petits sacripants ! c'est-y-vous qu'avez fait tout ce malheur ? En voilà-t-y des jeux ? Si ça mériterait pas la prison !...

La belle forêt brûlée ; la prison peut-être ; quelle fin de journée ! Quel retour, la tête basse ! Heureusement, le mal n'a pas été trop

Les marrons seront vite cuits, sous cette bonne braise.

sérieux ; les gendarmes n'ont pas paru ; mais n'importe, nos Diables
à Quatre ont eu une rude alerte ; ils ne l'oublieront pas de si tôt.

Voici d'ailleurs la fin des joyeuses journées de liberté. L'hiver
approche et les études vont reprendre sérieusement ; on ne pense plus
qu'à faire ses malles pour rentrer en ville. C'est la larme à l'œil que
notre petite troupe dit adieu à Pussy et à la campagne, en se promet-
tant, pour l'année prochaine, plus de sagesse et non moins de gaieté.

FIN

2671-92. — Corbeil. Imprimerie Crété.

www.ingramcontent.com/pod-product-compliance
Ingram Content Group UK Ltd.
Pitfield, Milton Keynes, MK11 3LW, UK
UKHW022208070726
13613UKWH00004B/1531